マーサ・ナカムラ『狸の匣』によせて

『狸の匣』の匣

朝吹亮二

「平地人を戦慄せしめよ」とは柳田國男『遠野物語』の序にある言葉だが、私はマーサ・ナカムラの作品を読んで戦慄した。

マーサ・ナカムラの作品を初めて意識したのは「石橋」という作品だったと思う。能の演目から発想しているのだろう、その冒頭、赤獅子、白獅子までは演目に沿っているのだろうが、「沢では天狗が下着を洗っている。」に驚かされ、愉快になる。次の段落で「私は家に住んでいた。」とあって、この作品が語りであり、譚であり、ナラティブの構造を持っていることがわかる。天狗が下着を洗うのがあたりまえであるような場所に私は住んでいるのである。そこへ僧侶が訪ねてきて桐箱を見せてもらう。その箱の中には小さな青い海が波打っているのだ。こうした展開はマーサ・ナカムラ固有の進み方である。天狗が下着を洗う異界と家に住まう私の此岸、僧侶が訪ねてくる此岸と桐の箱の中にある海という異界、このような此岸から異界へ、異界から此岸への横滑りがなんの垣根もなく連続している世界、これがマーサ・ナカムラの世界なのだ。

「鮒わたし」では、「鮒、と婆が口を動かした。／婆の顔は鮒だった。」から最終連では「気付くと井戸も婆も消え／私の心に　井戸と鮒が住まっていた。」。婆と鮒と私の垣根がなくなっている。

マーサ・ナカムラの作品がナラティブ世界であると書いたが、それならば物語で良いではないかとも言えそうだが、そうではない。物語なら、日常世界から異界へ、という流れが一方通行的に進んでいくが、ここでは異界と此岸が連続して一体になったり、自由に往還したりしているのだ。また「鮒わたす」という言い方、方言のようでもあるが、本来名詞が来るべきところに動詞があって、小骨のようにひっかかる、しかし魅惑的な言葉遣いになっている。

さらに、「湯葉」の第五連をみてみよう。「川の幅いっぱいに面影が流れてくる。／ある日の母の笑顔を写真のように切り抜いたシーン映像が流れてくる。／いつものように、叔父が長い竹竿ですくうと、／長い湯葉のようなものが竿に垂れ下がる。／薄白い物体にはなんの印刷も施されていないことを確認して川へ戻すと、／母の顔は少しひしゃげて、下流へ流れていくのであった。」。この連の最初のたたみかけるような律動はまさに詩のリズムであるし、川面に流れる母の面影が、湯葉というそれ自体生々しいモノに変化していく様はマーサ・ナカムラがもつ詩の運び、詩句の自在さ、変容の凄いところだ。面影という観念的なものが湯葉という生々しい、いってみれば気持ち悪くも官能的な膜状のモノにうつろい、それがまた流れ去っていくのである。流れ去っていくからこそ湯葉の生々しさが際立つ。

「許須野鯉之餌遣り（ゆるすのこいのえさやり）」は「良い詩について考え」ると書き出される詩で、これもまた本当に戦慄した作品だ。「美しい男が、立方体状に氷の張った鯉をつり上げたという池」を見に行くと、その池には青空が沈んでいき、さらには、池の底に本物の池が沈んでいるのである。すでに桐箱の中の海、心の中に住まう井戸、といった、多くは箱で表象される入れ子状のイメージに言及したが、小さな入れ物の中にあるミニアチュールの世界、昔語りにも登場するこうした世界はやはりマーサ・ナカムラの偏愛する主題である。しかし、ここでは単に入れ子状の世界があるだけでなく、地上の世界に流れる時間がねじれていき、池の底の池では無時間的な時間が流れる。いや、止まった時間が永遠に続いている。どんどん生命感が稀薄になり、強い存在感を発するのは鯉だけになる。その「鯉は、口元に寄せる麩にひたすら口を動かし続けている」のだが、鯉の口は、実際に手で餌をやってみるとわかるが、ぬめぬめしているというよりはざらざらしていて、餌も指も何もかも吸い込もうという強い吸引力で口を動かし続けるのだ。この不気味な口の動き、麩を吸い込む口の生の感触だけが生々しく読者のものとなって残り続けるのだ。

最後にこの詩集の構成。「犬のフーック」で幕を開けるが、この作品は太平洋戦争末期の疎開先での話である。漬け物石くらいの小さなお爺さんと人語を解する犬のフーツクが登場する。末尾で、フーツクは土を掘って深く、覗き穴であるかのような穴へと潜っていく。これが導入になり、時間軸も空間軸もどんどんねじれ、「柳田國男の死」以降、マーサ・ナカムラの語りの奇妙な「匣」が続いていくのである。そして詩集掉尾の作品「東京オリンピックの開催とイナゴの成仏」へ至るのだが、この作品も戦争が背後にある。太平洋戦争で死んだ軍人たちの化身と思われるイナゴの大群が登場する。テレビの音声と残像と共に、皮肉の効いた、そして不気味な印象を残す作品になっている。このようにして蠱惑的な匣は閉じる。だが、この匣はいい意味で破れ目もいっぱいある。どの破れ目へマーサ・ナカムラは突き出ていくのか楽しみだ。

異界の言葉

中本道代

マーサ・ナカムラの詩が私たちにもたらしてくれるものは何だろうか。清冽な情感と生き物の温もり、世界の神秘と謎の暗示、そこからやってくる密かな励まし、などだろうか。

今こうしてマーサさんの詩の出発点の全貌が一瞥できる位置に立つと、その魅力は様々な要素が重なりあって醸し出されていることがわかる。

冒頭に置かれた「犬のフーツク」を見てみよう。この作品は戦時中の物語の形を取っており、主人公は三年生であるという。九歳か十歳だろうか。語る主体が少女であるということはマーサさんの他の多くの作品にも見られる特徴の一つだ。マーサさんは今、若い女性であるので、少女期を描くことは潜り抜けたばかりでまだたっぷりと体に残っている時間を書くということになるのだろう。清冽な情感や温かさはそこからも来ているのかもしれない。

少女期とは、物心ついて少したったころで、その前のことは本当にはわからない。どこから来たのかわからず途上にある状態、まだ自力で生きることのできない状態である。頼るべき親も、確かなものかどうかはわからない。親も完璧ではないからだ。そのような寄る辺なさが〈疎開する子ども〉という存在に重ね合わせられているように思った。「遠い山」「おふとん」「筑波山口のひとり相撲」といった作品にもそのような感覚を見出すことができる。

受け入れ先の寺について名前を告げた時、「中年の女性」が「大柄な筆を生き物の如くうごかして、「吉田という名字、縦に書くと「喜」という漢字に似てるね」と言ったという。ここで「大柄な筆」も「漢字」さえも「中年の女性」と同じ生き物となって動き始める。いや、回覧板が届き、「覗いたときには、すでに「吉田」の欄に鉛筆の丸印があった」という書き出しからもう、少女の運命が「生き物の如く」動き始めたことを示している。それは「喜」という漢字から「嬉」という漢字の表すものにまで変化、変容していくのだ。

このようにマーサさんの詩の世界では、生物も無生物も事柄でさえも、生きていないものは一つもない。そして意味を持っている。「私」は寺で「緑色のお爺さん」を見つける。この部分で私は、自分自身が幼いころ柱と壁の隙間に目を当ててトランプのクイーンのような貌を見ていたことを思い出した。それは小さなところから始まる異界であり、子どもはそのような異界にいくつも接触しながら生きているのではないか。近づくと消える小さなお爺さんは、何か「木々と草」の織り成す模様なのだろうか。鳳林寺は七福神めぐりの寺であるので、「緑色のお爺さん」は「みどり」という少女に福をもたらす神なのかもしれない。成長途上にあるものを導く、宗教的な感情の萌芽をここに見ることができるように思う。人類もまた、長い成長途上でそうであったように。マーサさんが脚を浸しているのはそのようなたっぷりとした過去の時間なのではないだろうか。

「私」は「犬のフーック」を見つける。獣の押し花をもっているフーックは生き物の代表選手としての意味を担っているのかもしれない。フーックが見せてくれたタイの絵本は、一つの物語の中に別の物語の空間を開ける。子どもが一人だけ生き残るというそのお話も、神話的、宗教的な色合いを帯びて「私」を励ますものになる。このように、一つの物語のなかに別の物語の次元を挿入し、異界的な世界を時間、空間ともに重層化させることもマーサさんの特徴の一つだ。そうすることで一元的な現実とされるものの「多くの堅く乾いた殻を捨て」(「遠い山」)、はるかに深く広大な世界の真実の姿を垣間見ることができるように思う。

そして、「誰かの子どもになりたくて、まばたきもせず見つめている子ども」の「眼がほしい」というフーックの衝撃的な言葉。確かな命を得たい、という生き物共通の願いが、一つの新しい神話を夜空に出現させている。

最初の一篇を味わうだけで紙幅が尽きてしまいそうだが、この詩集のほとんどの作品も重層的な構造を持っていて読む者を引き込み、そこここに不思議な言葉が宝の「匣」のように用意されている。例えば「発見」という作品の最後に砂の中から顕われる真白な紙は、そこに綴られていた黒い文字とともに、重大な謎として読む者の心に残されたままになる。

また、「犬のフーック」の他、「貝の口」「東京オリンピックの開催とイナゴの成仏」などの作品に現れている戦争の影にも注意を惹かれた。第二次大戦の終戦から七十年余りがたち、深く検証されないまま閑却されているかのような戦時中の事柄が、この詩集の中でいきいきとした形で掬い上げられている。マーサさんの詩には、過去は失われないこと、過去も現在も同じなまなましさで存在し続けているという時間の感受がある。それは時間に流され続ける私たちを救い出す、物語と詩の力なのではないだろうか。

狸の匣

マーサ・ナカムラ

思潮社

狸の匣

マーサ・ナカムラ

思潮社

目次

装画＝小笠原あり
装幀＝奥定泰之

狸の匣

犬のフーック

疎開先が決まったのは、一九四四年の六月だったと思う。

埼玉県秩父郡の小鹿野村への疎開希望を問う回覧板が届き、私が覗いたときには、すでに「吉田」の欄に鉛筆の丸印があった。


私は初めて汽車に乗った。

受け入れ先の寺の前に一列に並んで、三年生の吉田みどりです、と名前を告げたとき、中年の女性（住職の妻か、近所の方だと思う）が大柄な筆を生き物の如くうごかして、「吉田という名字、縦に書くと「喜」という漢字に似てるね」

と言ってくれたのが大変嬉しかった。


鳳林寺は、木々に覆われた小高い丘の上にある。

立っていられる程の傾斜の土地は畑として利用している。

寺と畑と道を残し、名の分からない、幹の細くて背の高い木が地に生い茂り、隣にそびえる両神山へと続いている。


山に繋がる木々の間で、寺の方を見ている緑色のお爺さんがいる。

初めて見つけたのは、外に出られない雨の日で、随分小さいお爺さんだなあと眺めていた。

彼は、漬け物石くらいの高さしかないようだ。

身じろぎせず、にこにこと笑いながら木々と草の間から見ている。

寺の硝子戸の中にいるときには見えるのに、近づいていくと消えてしまう。

見失ってしまうのだろうと言って、友だちを硝子戸の中で見張らせて、走って向かっていったこともあったが、やはり見えなくなってしまった。「下、下」と友だちが合図しているのは見えたが、遠く離れた友だちの顔がのっぺらぼうになっていた。

犬のフークは、小さいお爺さんを探しているときに見つけた。木々の暗い隙間に、あぐらをかいて座っている、茶色に黒いぶちのある犬が見えた。

「いち、に、さん、し……」

フークは、獣で作った押し花を、指を折り曲げて、器用に数える。「押し花」は、私の手くらいの大きさで、狸や犬や熊などが、固く眼をつぶって紙のような薄さになっていた。

たくさんの本を持っていたフークは、タイの昔話を翻訳したものだという絵本を見せてくれた。

「……帰郷すると、家に誰もいなくなっていた。近所に住む幼馴染みの男が現れて、「ドアを閉めた方がいい」と言って、私の周りの部屋の扉を閉めていった。火を起こすと、我が家の火の神様である老婆が、家族の写真を見せてくれた。私が十歳にも満たないときに撮影したものである。私以外の家族みんなは、頭に黄緑色の帽子をのせていた。帽子には、草の芽に似た模様が入っている。先程ドアを閉めにきた男も、黄緑色の帽子をのせていた。黄緑色の帽子をのせている者は、流行病で、みな亡くなったのだ。写真の中で、私ひとり黄色の帽子をのせていた。帽子の中央には、「◎」の印があった……」

私はこの絵本がとても好きで、よくフークに読んでもらった。

ある夜、

鍬もってこいっ、みどりっ、鍬もってこいっ

という声がする。

飛び起きると、小さなお爺さんの隣で、フークが手を振っているのが見えた。

物置から鍬を出して、月と星の光をたよりに駆け出した。

小さなお爺さんは消えてしまったが、フークは消えなかった。

私たちはふたりで、大きな杉の根元を掘りだした。

「瞬く星と瞬かない星があるだろう。あれは、生まれる前の子どもたちが、代わる代わるに覗いているために瞬くのだが、瞬かなくなった星は、誰かの子どもになりたくて、まばたきもせず見つめている子どもがいるのだ。俺も、あの眼がほしい」

身体から発する湯気が、白く空へ昇っていく。

鍬がなにかに触れた。

フークは前足で粘土質の土を掻いて、深く深く穴へと潜っていった。

柳田國男の死

山女が線香をふると
火は虫のようにゆれ、煙がのぼり、
辺りは一層　静かになった。

タ　テ　タ　テ　という音がなったが、
人が戻った音でも　雨粒が落ちた音でもなく、
参列にきた狐が（意味も分からず）
狸の背をたたいているのである。

それから後は幻燈となった。

柳田さんが蛍となって土手へ戻ってきたときに、土地の蛍が撮影したものだった。

「札幌の地へ来たとき、札幌へ来た、遠くへ来たと思えたらどんなに幸せだっただろう。私は結局、蔵のなかを出ることができなかった」

フィルムの流れる音が川のようでもあり、取り囲む昆虫たちの鳴き声のようでもある。

カラカラと乾いた音がして、幻燈が終わってしまうと、
青森の天狗松が金色の布をかぶって出て来て、フィルムを持って帰ってしまった。

(天狗松のもつ空気は重く密度が高いので、まわりの生き物を殺してしまう。)

隣の狐は、赤ん坊の小指ほどの大きさの瓶を手に包んでいる。

鱗型の水面を浮かべた、あかく　きいろの液体
それを、柳田さんの灰のとなりにコツリと置いた。
「こいつは博士だからね。灰と一緒に汗を並べるのが文化的だよ」
白い布に灰色の影と、金青色の光がかかった。

言葉を求められて、
柳田さんに手紙を出そうとして　膣に投函し、
そのことを告げにお家にうかがったとき、
「(手紙は)ポストにいれなさい」
と顔を赤くして私を叱り、泣く私の手を赤いポストまで引いてくださった日の
ことなど話した。
皆思い思いの顔をしている。
出会った場所がちがう。
精進落としの食事をし、狸も蛍も山男も漆塗りの弁当箱にとりかかる。

死の会で一番えらい神様が、

「次の幻燈は十年後です」と言った。

「柳田さんの肉が焼かれて茶色く薄い骨になったとき、わたしは吐き気がしたんだよ。だからわたしには、あの人のような青い服が似合わない、いやしく」

山女が弟の山男に両眼を押しつけた。

蛍や狐や狸は戸を開けたまま出ていってしまった。

おわかれ

祖父母がしに、私と叔母はフネに乗ることになった。

フネに昇る鉄階段を明けると、旅をする人たちはみぎへ、死体を運ぶ人たちはひだりへとすすむ。

旅をする人たちは、私たちをよけて歩く。

私たちも、すまないような気もちでひだりへすすむ。

喉が乾くときには、みぎ側にしかない自動販売機をりようする。

ひだり側のセン室は、壁と扉をもって仕切られない。

灰色と白色とが交互の柱になった薄い布で隔てられる。

幾枚ものそうした薄い布をくぐり抜け、私たちはあてがわれた部屋へと向かった。

フネの人にたのんでいたので、祖父母の亡骸はすでに部屋に寝かされていた。

――あの肥えた祖母が死ぬなんて……

「生き返るんでないの」

私と叔母は白い布団にのった祖母の身体と顔をみたが、それはうっ血したように黒ずみ、死の白い沈殿が黒ずみを遠く押していた。

死んでから、もう一週間経つのだ。

一ヶ月前に亡くなった祖父の顔は青黒かった。

私と叔母は、視線をたたみの上の黒い線にもどし、二つの白黒の身体からすこし体を離して座った。

話すことはなにもない。祖父母の思い出は、わたしと叔母のなかで共有されている。

セン室の丸い窓をのぞくと、もうすぐ黒い夜を迎える空と、フネの底をなでまわす海の色が見えた。

今日は、すこし海が荒れている日。

叔母が立って、薄い布をくぐってどこかへ行ってしまった。

自動販売機へ行ったのかなと、私は思う。


寿命を伸ばすために四肢を切断した祖父の空いたももを見ていたら、祖父が突然笑い出した。

ふひゅっふひゅっという浅い呼吸音とともに、きゃしゃになった平たい身体を手首のように起こした。

「死んだって言われたときは、どうしようかとおもったよ。だって、息してるんだもの」

祖父はこう私に語りかけて、遠くかすかにまだ見える陸を、セン室の丸い窓越しに眺めている。

——あの陸には、わたしの、生きている父と母と兄がいる。

陸の母へ、「おじいちゃんが生き返りました」とメールする。

向こうへ着いた後、祖父を運ぶにはどうしたらよいのか。それとも、祖父は陸に戻すべきか。どちらにしろ、叔母の協力がいる。


出かけた叔母がもどらない。

そういえば、叔母は祖母が死ぬ少し前、今より二週間くらい前に、救急車のなか救命士に抱きついたまま死んだのだったということを思い出す。


祖母は死の海に沈んで戻らない。

叔母が部屋にもどらない。フネのなかをみぎにひだりに迷っている。

祖父は陸の方を見つめ、戻ることを望んでいる。

私はこのフネのなかで、それぞれの只一人の家族だ。
厚い硝子の向こうの、陸とフネをたたく海の色を見比べ計ることしかできずに、
◯い真ん中へ顔をうずめていた。

遠い山

海に面する丸い洞のなかで、物心つく前の幼いとき、私は男に育てられていた。曇りの日も、白い波しぶきが岩洞に寄る黄昏時にも、男と私は向かい合い、洞の中の塩と砂を集め、小さな山を二人の間に形成していった。

いつの頃、数多くの人々が住む、今の両親の住むマンションに引き取られたのか分からない。気がつくと、私は白い真綿布団の上に寝かされていた。忘れているのに、その日々の山々は、丸い望遠鏡のように思い出される。男が私を見つめる眼はすっかり忘れてしまって、丸い洞のなかに、二人の中央に塩の山々を形成する自分と男の横姿を見るのみである。

「海の音を聞くと、お母さんのお腹の中にいた時のことを思い出すでしょう」

漁師町で育った母は、浜辺を歩くとき必ず私にそう話しかけた。

波が地上に押し寄せ、砂浜をさらう音
波が引いた後の、ぱちぱちと地の底が息をする音
凪

思い出すのは、母でも父でもなく、丸い洞のなかで一緒に暮らした男のことだった。

耳鳴りを意識した小学生のとき、私は、甲高い自らの声と男の地鳴りのような声が重なった時間を懐かしく思った。

二十一歳になって、私は美しくなった。
白いデパートの三階で、非常に魅力的な男と出会う。

男は、私に出会うまでにくたびれてしまった容姿と魂をもっている。
目があってすぐに気がつき、私と男はデパートの証明写真撮影機の中に隠れてしまった。

白いデパートを、白く厚いカーテンで仕切る。
それだけで、多くの堅く乾いた殻を捨ててきて本当によかったと思えた。
男の胸に吸収されるように、抱擁される。
私は身を埋める。
本当の姿を知ったら嫌いになると言う男に、そんなことはないと合図する。

ちがう、と何度も繰り返したのだった。

男が、私の腰にしがみついたまま脱糞した。

白いワンピースと腿に、重く熱い感触がつたう。

これが男の本当の姿だったと知るうちに、男は私を軽く前へ押し、カーテンを開いて出ていってしまった。


母が亡くなって、父と二人で暮らす日々が多くなった。

父は庭の小さな築山に黒いビニール袋をかけ、遠くの山に見立てた。

海の音を聞くと、お母さんのお腹の中にいた時のことを思い出すでしょう。

そう話しかけた父の言葉に、私は初めてちがうと答えて、海のそばの洞のなかで暮らした男のことを話した。

発見

母方の祖母の家は、宮城県気仙沼市の小高い丘の上にある。前向きにつんのめるくらい急な坂道を降りると、すぐ海が見えた。埼玉県に住む私にとって、空でかあかあと鳴くかもめも、ごみ箱のような臭いを運ぶ海風も、とても珍しいものだった。

大体八月の初旬頃から、送り火を焚くお盆過ぎまで、母は兄と私を連れて里帰りをする。新幹線のお金がもったいないので、父は同行しない。それは、私が小学校に上がるまでの、恒例行事だった。

祖母の家に着くと、海へ行きたくなった。海はすぐ其処に見えるが、海岸に行くには車を十分走らせなくてはならない。でも、雷が鳴らない限り、私たちは毎日海へ行った。気仙沼の夏は寒い。からりと晴れるということがめったにない。厚い雲が足下を暗くする浜辺で、母と叔母はあてどないおしゃべりをする。兄は、オレンジ色の浮き輪に挟まって沖を漂う。私は、ピンク色の水着をきて砂遊びをする。私たちのほかに、浜辺に人は集まらない。「足を引っ張られる」と言って、盆が近づくと地元の人は海をこわがる。

貝殻の破片、青い硝子の欠片、指に引っかかる乾いた木くず、老人の肌のようになったビニール袋。そんなようなものが、浜の砂と混合している。顔を上げると、兄はぼんやりと沖のほうを見ている。母と叔母は、浜辺に降りる階段に腰をかけて、独特の訛り声でうんうんとはなしている。

私は、海の隣りに「湖」をつくろうと必死である。今にも底へ引きずりこまれそうな柔かい砂の上で、必死に足の爪をたてる。おもちゃの黄色いシャベルを使って、浜をしょりしょりと引っかく。昔ざりがにを飼っていた赤いバケツで、海水を汲みに行く。それを、一気に「湖」へ流し込む。

「ぶじゅぐおおおお」

湖らしくない、濁流が「湖」にうずまく。白い泡が縁にたどり着くのを待たず、ごくり、ごくりと黒い砂浜は濁流を吸い込む。終わりには、シュワーという軽い音がする。そして、また海水を汲みに行く。

ある時、いつものように「湖」をつくろうとした。するとシャベルが、ずるりと白い紙切れを引っかいた。反射的に、私はその紙を引き抜いた。経年を全く感じさせないほど、紙は真白だった。人肌程の温みをもった砂浜に腰を下ろして、紙を広げた。

しにかたは
えらべない
しは
おしつけられるもの

黒のボールペンで、細長い文字が綴られていた。紙は濡れているのに、インクは滲んでいなかった。

私はその紙を元のように折りたたんで、砂浜に埋めた。手のひらで砂を押してからふと思うことがあって、もう一度そこを掘り返してみた。しかし、どんなに深く掘っても、その紙切れはもう見つからなかった。

背で倒す

喉の奥に臭い狸の箱がある。口を閉ざすとふたがあく。箱の中は常に夜で、狸が焚き火を続ける世である。二つ岩がある。一方は狸が腰掛ける。鳥足に似た木棒を、苛立たしげに火の中に突く。炭化した薪は息を吐き、火の粉がのぼるが見上げる前には消えてしまう。顔にかかる赤橙色を飲み込むように抵抗しない狸を見る。覆うように、三方を山が囲い、頂に「おんおん」と鳴きながら星を下ろす子狸が見える。湯気がたつ。リールをかけて、欲しい星を引いているのだ。

「堕ちるとは見知ること」。狸は火から顔を上げない。そこから堕ち爺の話になった。山に木こりの名人がいて、背幅程の杉を好み、杉に背を合わせては「ぶるんぶるん」と水を振り回した。それから三方に刃をいれて背で倒した。

ひと月前、水を落としてしまった。水は弾けて川になった。狸がかけつけた時、木こりはすでに舟で漂っていたという。木製の舟はあらかた腐り、底には砂を含んだ水が溜まっていた。漂う内に、舟が「堕ちた」と声を出すようになった。舟の縁は山の汚れをかき集めていた。喉を燃やすような臭いがした。「堕ちるとは見知ること。見知るのははしたない。ただ知るのが一番人に近い」。木こりはもう手の届かない所まで流れてしまった。姿が見えなくなると、川はやがて干《ひ》した。

「すぐに山に刃を入れ。背で倒す。山は三方に倒れる」。狸は相変わらず焚き火を続けている。背の頂では「おんおん」と声がする。星がまた一つ落ちていく。あれは骨だと気付く。口を開けばふたがしまるので、指先を熱にひたし、瞬きもしない狸を見つめる。

石橋

石橋《しゃっきょう》では
赤獅子と白獅子が並んでいて、
沢では天狗が下着を洗っている。
山からは、一匹の熊が降りてくる。

私は家に住んでいた。

僧侶が家を訪ねてきたとき、

前に提げていた小さな桐箱を見せてもらった。
私の手で包める程の大きさの箱の中には、
小さな青い海が波打っている。
海底にへばりついていた白い海獣は、
僧侶がのぞきこんで陰ができると
泣きながらその場を移動してしまった。
箱の中の天気の良い日には、
海の上に
銀色の蜘蛛が糸を垂らして降りてくることもあると言う。

(鍵の穴から　鍵の形をさぐるように
空っぽの乳母車の中に赤ん坊を、
誰もいないバス停に乗客たちの亡霊を見る)

僧侶は寺に帰った。
近くの川に、時々天狗の下着が流れてくる。
子どもの天狗が　分からずに、
私に下着の行方を聞きにくることがある。

丑年

向かいから、白い親子が歩いてくる。白く発光する母親は、古風に赤ん坊を背中にくくっている。

「こんばんは」と声をかけると、母親は少し驚いたような顔で会釈を返したが、通り過ぎると、小学生の私の腰までの高さしかない。

後ろを歩いていた友人が「こんばんは」と挨拶をしてから、小さく高い悲鳴をあげて私の右腕にすがりついてきた。

「美恵ちゃんがあいさつするから、私もあいさつしちゃったよ」

振り返ると、親子はやはり小さな姿で道を上がっている。赤ん坊の首は石のように動かない。

私たちはお互いにもたれあい、腹を抱えて笑いながら、集落につながる坂を下っていった。


川俣村は鬼怒川によって形成された集落である。川のほとりの草を持ち上げると、岩魚の赤ん坊がメダカほどの大きさで住んでいる。川の音が人の柏手《かしわで》に似ていることから、集落を「かしわうち」と呼ぶ年寄りもいる。川に石を投げると、音に埋もれてすぐに形は見えなくなってしまう。


家で育てていた牛が大きくなり、市場に出荷することになった。名前をつけて可愛がっていた牛だったので、家族が夕飯を食べ始めても、私は牛舎の柵に寄りかかって、牛を見ていた。

牛が産気づいた様子を見せた。

すでに食卓からさがっていた祖母を呼び、股のあたりからはみ出た獣の足に縄をくりつけ引き抜くと、大きな鼠の頭が出てきた。

そこから十二支が順に生まれてきた。

祝いの歌を歌いながら、時折足で拍子をとりながら、順番に、花壇を囲む庭石のひとつに入っていく。

十二番目のイノシシが石に入ると、祖母は石を門の外に投げてしまった。

にわかに柏手《かしわで》の音が近くなり、川が石を遠く持ち去っていった。


小学校からの帰り道、一人落ち葉を踏んで歩いていると、金色の肌をした僧侶から声をかけられた。今から石に入るので、その石を持って川の向こう岸まで投げてほしいと言う。

売られていった牛から十二支が生まれ、石に入っていった日のことを思い出していると、「あと十日で丑年」と僧侶は慰めた。

石にはどのように入るのかと問うと、僧侶は役場の「忠魂塔」と彫られた石碑を手で示した。

「目に見えないものは存在しないとすることは、０は存在しないという考えに似ている。物質は小さな粒の集合から出来ていて、その粒の集合のすき間に、英霊たちが家を建てて犬を飼われていたとしても、何の不思議もない」

そう言いながら、半ば土に埋もれた小石に僧侶は入っていった。

対岸に投げると石を見失ってしまったが、枯れ木の間を踏み分けて、０に似た「平家塚」の前に向かう後ろ姿が見えた。

貝の口

祖母の棺にいれるものを探していたときに、
手提げ袋の中に、小さな手帖を見つけた。

空を飛ぶものの御空を
恐れるタワーの
赤い灯りの点滅

これが、彼女の絶筆となったようである。

幼い頃の夏の夜、私が暑さで眠れずにいると、
丘下の街から音楽と笑い声が聞こえてくる。
父を起こして、外へ連れてもらうと、
小学校の校庭に軍艦が停泊しているのが見えた。
しかしそれは、私の目の錯覚で、
赤い提灯を前にさげた幼い子どもたちが
歌いながら行列して　校庭を回っているのであった。
「お祭りをしているね」
と言うと、父は
「お祭りをしているみたいだね」と言った。
「こんな時間に、何のお祭りだろう……」
と言うと、父は双眼鏡をのぞいていた。

小学校にあがれば、
夜にあの行列に混ざることもあるかと思っていたが、
該当の回覧板は卒業しても回ってこない。
相変わらず、盆の時期になると、
子どもたちは顔に黒い布をかけ、
赤い提灯をもって「爆弾三勇士」の歌を歌っている。

亡くなった祖母が家を訪ねて来たとき、
白の上衣に黒のズボンをはいて、
やはり顔を布で隠していた。
私は死んでもいいから顔が見たいと言うと、
笑った口元を下からのぞかせて、玄関から出ていってしまった。

会社の慰安旅行で海水浴場へ行った。

職場の人々から離れ、一人海に浸かり、浅瀬に腰を下ろしていた。
ふと見ると、海中の砂山から貝の口が伸びている。
手の指で触れると、貝の口と思っていたものは羽虫の長い尻で、
羽根を動かして、沖の方へと泳いでいった。

鮒わたし

河川敷に
ひとりの婆が住んでいて、
「鮒わたす」と言う。

その頃　私は
暗い部屋でテレビを見て
眠る老人しか知らなかったので、
濁る雲の下

足長蜘蛛のように　土手を這い回る
婆に　興味を引かれたのだった。

婆の居の前に、
両手で囲えるほどの井戸があった。
深くて底は見えないが、
婆の「鮒わたす」が、
私の心に　鮒を泳がせた。
水のはねる音が　耳から響いて
鮒、と婆が口を動かした。

婆の顔は鮒だった。

名前は、だれもつけなかった

この先も、名前はない
気付くと　井戸も婆も消え
私の心に　井戸と鮒が住まっていた。

速度

私が枕をたてて床につくと、
今日交わした会話が、
下を通り抜けて流れていく
ぞろぞろと

………

「今夜の赤い満月は、私の人格の欠陥、

私の形の悪い扁桃腺を象徴して浮かんでいる」
テレビのなかの女はなおも続ける。
「言い終えるやいなや、「そうだ」とうなずいて、暗闇に消えたのだった。
……思い通りにならないことが、とてもつまらない。」
肉体は点ではなく、無数の穴の集合であるために、こうした不利益が生じている。
手紙が来たので、女の顔を暗く消して、家を出てしまった。

父と母が枕を耳にあて眠りのなかにある時間にも、
私は川の近くを歩いていた。
私の男は、異国で賛美歌の行進に遭い、
蠟燭をもって女王陛下の誕生を祝ったと言う。
この世界は、罪を持って亡くなった人々が両手足で支えていると聞くが、私は、
今こうして渡っている橋のたもとに立つ人を見たことがない。

………

「私たちは　枕の下の川を通り、こうして橋を渡っているが、我々が目を覚まし　橋を渡れば、その音を寝ながらに聞いている存在の膨らむまぶたが見えるようだ」

………

あの赤黒く染まった空を見ても、赤ん坊は泣き声をあげない。
橋の下に見える通り道に、黒い犬が寝そべっているが、耳は朝顔のようにこちらを向いている。

〳〵歩いても歩いても、後から山はついてくるという子どもの声に振り返ると、その子も後ろを振り返っていた。

湯葉

激しい痛みを得られたら、
私を取り巻く風景の膜が破れるのではないか。
私の世界には、「あっちへ行け」と手の甲を向ける人、
背中から守り寄り添う人がいるが、
いま、叔父は厚い膜の外にいる。
時折、彼がなにかの拍子に手を振ると、
私はぼんやりと朝、駅に立っている時などにそれに気がついて、
はっとするほど驚いてしまうことがある。

肉体は、他者の不快となりうる
私が生まれてこなければ、あの人はあんなに
嫌な思いをせずに済んだのに
肉体を持たなければ、愛されこそすれ、
疎まれることもない

そう話す声が思い出される。
叔父は幼い私を、よく気にかけてくれた。
町役場の仕事の終わる十六時くらいになると、
未就学児の私の手を利根川まで引いてくれた。

叔父が立ち止まる地点には、決まった時間になると、
上流から母の笑った顔が川幅いっぱいに広がって流れてくるのである。

土手に張る、白い石台の上に叔父は立つ。
対岸の青々と葉の繁る低木には、白い鳥が群れて羽を休めている。
小さな私は、叔父の乾いた大きな手を快く思っている。

流れてきた　流れてきた
叔父の手が離れる
川の幅いっぱいに面影が流れてくる。
ある日の母の笑顔を写真のように切り抜いた映像《シーン》が流れてくる。
いつものように、叔父が長い竹竿ですくうと、
長い湯葉のようなものが竿に垂れ下がる。
薄白い物体にはなんの印刷も施されていないことを確認して川へ戻すと、
母の顔は少しひしゃげて、下流へ流れていくのであった。

見送った後、コウモリが空へ溶けだす時刻になるまで私たちは、

日を潰して遊んでいた。

叔父が魚になった日を思い出すとき、
茶色の革靴の上に陽がさしていた映像ばかりが浮かぶ。
水をたくさん飲まなければ魚にはなれず、
叔父は一週間水に浸かってやっと一センチほどの魚になれたという。

親族の女同士、
我々は好んで古い集合写真を眺める。
自分の写る集合写真ではだめ、
写る人の一人一人が、てんでばらばらの方向を見ていて、動き回っている気がして落ちつかない……
私はこの言葉に同意する。
モノクロームの古い写真に写る死者は大人しく、生者の目を引きつける。

我々の走馬燈の中で、並んで「そこにいる」「待つ」彼等を、頼もしく思うことさえある。

大みそかに映画をみる

年末になると、毎年子狸たちが家《うち》に疎開しに訪れる。

賭け事を好む天狗たちが、来年に振る賽子《さいころ》の中に入れる命を山に探しにくるためである。


床に落ちていた一本の白糸をすくい、指でつまんで、すとそれを引き抜いたときにある狸が言ったのは、

「あ　これは線路に似ている」。

それで、皆で大笑いをしている。

疎開しているために、彼等の身長は私の握りこぶし程だが、それでもたくさんの子狸たちが一斉に笑い転げると騒がしい。

廊下の奥で、今年の四月に亡くなった祖母が心配そうに顔をのぞかせている。

大みそかの日になって、夜、紅白歌合戦の決着もつかぬうちに、初詣をしに家を出た。

しばらく平坦の道を歩いた後、コンクリートの坂をずんずんと上がっていった。

酔っぱらったように、狸たちはアジア音楽の節回しの歌を歌っている。

向かいから子どもが母親と並んで歩いて来たが、疎開の狸たちに気がつかず行ってしまった。

「小さなものの横を通り過ぎるとき、自分がまるで化け物のように思える」。

親子にとって、蟻のように群れる狸の集団は、単に生臭い風に過ぎなかっただろう。

公園までたどり着くと、木々の葉が電灯に照らされ緑色に発光していた。

奥へは登山口が続いている。

我々は石造りの鳥居の建つ山の道を進み歩いた。


よく見れば、蛍光灯が葉を通り抜け山の中まで照らしているのではなく、木と木の間に、明るい映像の膜が張ってそれが光っているのだ。

木の葉の色が移り、映像はやや緑がかっている。

映像の中に、私自身の姿はない。

これは、今年に私自身が体験したものであるからだ。

覚えのある声が、通り過ぎる木々の映像からざあざあと流れる。

「……どんなことをするにしても、これは自分にしかできないことだと誇りをもつこと。些細なことでも、他の人にはできないことだと信じ誇ること……」

あれは、今年の十月に定年退職をした業務監査室長の映像だ。

彼の横顔と、職場に向かって語りかけていた様子が上映されている。

カメラの前の白いキャビネットが、映像を少し塞いでいる。


あちらこちらで、映像の膜が張っている。

横目で確認しつつ、ひたすらに暗い夜坂を上る。

映画だろうかとも思う。


私は十一月に、部屋を訪れていた男の服を捨てた。

電話がかかってきた時、もらった手紙を粉々に引き裂いてしまった。

荷物は全部捨ててほしいと言われた。

私は送り返したいと思ったが、住所を知る術もなく、また、戸棚にしまって眠ろうとすると、夜に扉を内から叩いてうるさい。

仕方なく透明の袋に包んで、所定の場所に置いていたら、住みかの決まり通りに業者に持っていかれてしまった。

山を上がるごとに、狸はもとの大きさを取り戻して駆け上がっていく。
面白がって人間に化ける者もいるが、その中に、覚えのある背の形がうつった。

夜は刻々と更けていく。
決して、浅くなっていくというものではない……
そうして、映像は一層濃く、鮮明になっていく。

(東京タワーが小さく見える、
東京スカイツリーも、もはや米粒以下だ……)

明けろ明けろ!
毒をもって毒を制すが如くに、夜が一層に更けて、
一気に透明になる瞬間が訪れる!

霧に包まれているかと思った。

我々は無我夢中で山道を上がっているが、今年の思い出が、やがて不鮮明になっていくのを肌で感じている。

同時に、狸たちの姿も薄れていくだろう。

重なり合う音声が、徐々に遠くなっていく。

前を歩く狸は天狗を警戒しつつ、前につんのめりそうになりながら、さらに茂みの奥へと入っていった。

柳瀬川

竹の子の薄切り。

ステンレス製の容器から手で器に盛りつける柳瀬さんは、母親の黄楊の櫛を拾い集める少年を連想させる。

柳瀬さんの店は暗い。

柳瀬さんがカウンターに立つと、背後の酒瓶が一つの電球に丸く照らされる。

「味噌汁には母の肌色が沈殿している。

あがる湯気に顔があたると、ほのかに母のにおいがする」

私たちは、柳瀬さんの母溶け込む味噌汁をよく飲んだ。

味噌汁の色には、私自身の母の肌色も沈んでいる。


夜に人が店に集まると、調理台にのった写真の話になる。

当時十九歳だった柳瀬さんと妻のトン子さんは、白黒写真のなかで座り続けている。

トン子さんは黒髪を高島田に結った花嫁姿である。

小学二年生の頃からの幼馴染みであり、同級生だった。柳瀬さんは今年で五十九歳になるので、トン子さんが死んだのはもう三十年も前になる。トン子さんは二十九歳のとき、風邪を引いて亡くなってしまった。


（幼い頃、よく昆虫の脚をもいだ。

どうして何の罰もくだらないと思ったのか。

大きな存在に捕まえられて、手足をもがれるとき。

必死に心を鎮めようとするのに。

私たちは昆虫を捕まえて、最後の息をたくさん吐かせた。

どうして何の罰もくだらないだろう。)


罰かは分からない。

柳瀬さんはトン子さんを失った。

「魚は年をとらないらしい」

客たちの夜の笑い声のなかに、柳瀬さんの笑みは包まれていった。


夕方が夜に落ちる寸前の、黄昏という時。

私は柳瀬川に沿うアスファルト道を歩いて、近所のスーパーマーケットに向かっていた。

見ると柳瀬川の川面に、一匹の魚が顔を出していた。

「二十九で死んで」

魚は口を動かした。

「二十九で死んで、魚となって、二十九のまま君をまつ」

（魚は年をとらないと言ったのは誰だったか）

私はスーパーマーケットに向かった。


次の日柳瀬さんの店に行くと閉まっていた。

花柄の厚い遮光カーテンが引かれ、中の様子は見えなかった。

「永らくの御愛顧ありがとうございました」。

貼られた紙は新しかった。


柳瀬さんの店が再び開くことはなかった。

会社員は光を飲みこむ

目の赤みが消えない。

青黒い風景の中で燃える赤い炎の熱さを、眼球の圧としてすら感じる。

瞬きをしたとき、隣の女の冷たい手が腕に触れて、思わず悲鳴をあげてしまった。

木の爆ぜる音が、間を空けずに刻まれるようになった。

我々は逆算をするように、結果から原因を生み出すことはできないが、(眼前の焚き火は必ず終わりを迎える。)という些細なことは確信している。

そうして、また一斉に白い蛍光灯のもとへ帰っていくだろう。

会社員は光を飲みこむ

私は七階の会議室で、夜の高速道路を走る自動車のヘッドライトが、一斉にビルの股ぐらに吸いこまれていくのを見た。

それでもなお、留まる街灯の橙色の光は震えている。

人工灯が人体に渇きと圧を与えるものであれば、会社員の身体を覆う固い肌は、大方壊死してしまうだろうと思う。


最近では、目の端でなにか白いものが床に落ちていくのが見える。

目の下にできた白い腫れ物が、鏡で見るたびに虫に変わって、顔から降りていく。

車のダッシュボードの上では、小さな虎が横切っていくのが見える。

自律神経が、ある一日を境におかしくなっていく。

体調不良を訴える主幹の顔面に、プロジェクターの青白い光があたる。

彼は甘んじて、または無意識に無自覚にその光を受け入れる。

聴衆は、赤い光を放つポインターを会議室で振り回す。

今度は部下たちが、一人一人その光に照らされていく。


閉じた一室の電気を消すと、ブラインドの隙間から、鋭い光が追いかけてきた。


福岡県の天神を車で走っていたとき、運転席に座る友人が、恋人を呼ぶ為に部屋の電気を点けるという話を聞いていた。

横断歩道の前にある信号機で停まったときに、「通りゃんせ」のメロディーが流れてきた。

見ると、ダッシュボードの上に乗った虎が上手に歌っているのだった。

呆気にとられていると、友人が虎が歌うのを見て叫ぶように笑い声をあげた。

「ふ、ふ、ふ、ふ」

つられて、私も大いに笑った。

我々は腹を抱えて、後ろで鳴るクラクションの音も構わず笑い転げた。

もう事故で死んでも構わない。

私たちが楽しく笑うのを見て、虎も嬉しそうに微笑んでいた。

許須野鯉之餌遣り（ゆるすのこいのえさやり）

海の水面が太陽に照らされて、畳の目のように輝いている。

走ると、山にさす陽の光が動いて、大きな鳥が一斉に羽根を動かしているように見える。

森の葉に似た草の上に横になって、良い詩について考えていた。

「ビルの先を指でつなげていくと、電灯の鋭い乱反射によってやっと肉眼で見えるほどの、細い糸が繋がっていく。そこを明日、誰が通るというものではないにもかかわらず、切れているのを見つけたら、また丁寧に糸をかけていく」。わたしは、この虫の精霊が語る話がすきである。

美しい男が、立方体状に氷の張った鯉を釣り上げたという池を見物しに行った。見つめていたら、青空が池に沈んでいく。一層、辺りは暗く濁っていく。暗闇と、水中が同化していく。

見ると、池の底には、本物の池が沈んでいたのである。そこには無数の鯉が棲んでおり、ありとあらゆる罪の形を丸い麩にして食べてしまうと見物客は言っている。江戸時代の人、いつの時代の人か分からない人、もちろん虫や犬に至るまで、鯉に餌をやりに訪れている。

「許須野鯉之餌遣り（ゆるすのこいのえさやり）」という立て看板がある。

地上では若い頃の身体に似せて化粧をする。

水の底では、何もかも終わりがない。

池の近くの公園では、老婆が若い頃の姿のまま、恋人とブランコに乗って永遠に遊んでいた。

鯉は、口元に寄せる麩にひたすら口を動かし続けている。

おふとん

愛子が目蓋《まぶた》の中を駆け回っている内に、闇は薄れていった。障子が乳白色の光を透かしている。飛蚊がゆっくりと落下していく。

隣に父がいない。無造作に置かれた青い枕に手を伸ばすと、薄地のパジャマが布団の冷たさを通して、火照った喉を潤す。掛け布団が、ふうん、と、生臭いため息をついた。

眠ると、体から、臭い汁が出る。父と自分の体は、室温に置かれて、同じ臭いになる。そこら中から、父の、眠った香りがする。

(お父さんには、樟脳の香りが似合うのに)

また、この臭いをかぐと、再び粘性の高い眠気がやってくる。強く瞬きをして、目蓋《まぶた》の底に沈殿した飛蚊を拡散した。もうすぐで目覚まし時計が鳴って、お母さんがそれを止める。私は車で眠りながら、お父さんに抱えられて保育園に運ばれて行く。そんな宿命は分かっているのに、無神経なアラームの音に胸を痛めるであろうことを想像すると、息が上がってうまく眠れなかった。

母も布団を抜け出していることに気がついた。

(私のいないところで、ふたりで遊んでる)

めくり上げられた、ピンク色の布団についた、茶色のしみ。それを見つめているると、母に抱かれて眠った夜の、煮えたぎるような熱苦しさを思い出した。

階段を降りると、廊下は静まり返っていた。いつも聞く、ニュースキャスターの沈んだ声すら聞こえない。ぱしり、と天井がきしんだ時、愛子の足が、ぎんじょりと止まった。磨き上げられた廊下が、朝陽を浴びて、青々と輝いていた。

(朝なのに……)

リビングから、白い灯りが漏れている。震えながら鉛製のノブを下ろすと、父と母が、一つの椅子に座り、笑いながら手を取り合っていた。

「お母さん」

呼びかけても、こちらを見ようとすらしない。母が身じろぎをするたびに父はくすぐったそうに笑って、母を抱きしめる。すると母は、腹を抱えて笑い出す。母は、部屋中を走り出したいようだった。

「お母さん、服出して」

愛子は、服を選べない。母が桐簞笥から服を持ってきてくれないと、愛子は永久に臭いパジャマのままだ。

「お母さん」

父と母は、とっくに着替え終わっている。父は、紺色のトレーナーに、ベージュのズボン。母は、藍色のブラウスに、白いレースのロングスカートをはいていた。

スカートのひだがさらさらと音をたてて揺れるのを眺めている内に、わなわなと震えがきた。

どんどんと足音をたてて二人に近づき、正面から、父の舌を無理矢理に引きずり出した。そうして、幅一メートルほどの父の舌を、自分の体にぐるぐると巻きつけた。

「お父さんがなめたから、こんなにびしょびしょになっちゃった」

父を背に仁王立ちして、母をにらみつけた。涙をこらえるだけで、精一杯だった。

実際に、愛子はずぶぬれになった。父の唾液は、小さな体に余るほどだった。

母は、ぼんやりと愛子を眺めていた。後ろを振り返ると、父は両方の手のひらを宙に浮かせたまま、ぶるぶると痙攣していた。

「か、かあ」

ひっくり返ってしまった。

時計を見ると、午前四時だった。愛子の心臓が、音をたてて跳ねた。

まだ、保育園に行く時間ではなかったのだ。

父の舌は伸びきってしまって、元のように収まらなかった。それどころか、口からは泡がとめどなく溢れ出てきて、瞳は端へ端へと逃げようとするのだ。母は何も言わず、台所へ行ってしまった。

「べえ、べえ」

父が壊れてしまった。父の目尻から潮が噴き出た時、愛子の清らかな頬に、透明な涙がこぼれた。

（もう抱っこしてもらえないなんて、絶対に嫌だ）

もはや触れることすら汚らわしかった。

「お父さん」

「ぶうううう」

「また私を愛して」

明け烏が鳴いて、白々と空に青みがかかった。愛子の心は下へ下へ沈んで、次第に見えなくなってしまった。

青々と続く通せんぼ

目が醒めて、引き戸の外へ出た。
重々しい鐘の音がごろごろと響いた。
鐘が鳴り止むとすぐに、
近所に住む某という爺がたった今死んだという放送が流れた。
夜空は鏡のように輝いていた。
白石くんの後ろを、大きな手のひらがついてくる。
しかしそれは、白石くんの身体が夜空に反転して映り、長い四肢が手の指のように映っているのだ。
白石くんが立ち止まると、彼の顔に影が射しているのが見える。

先程から、白い玉が、田園を浮かんで通り抜けていく。
白石くんは、私に白い玉の行方を聞いた。
祭りの花火の音が聞こえる方角を指差すと、
白石くんは学校へ向かった。

「私の子どもは、集団行動が苦手です」
見ると、コオロギが顔を上げて嬉しそうに私に話しかけている。
白い玉がもと来た方角へ戻るのが見えた。
ややあって、白石くんがまた戻ってきた。
玉の行方を聞いたので、今度は学校の方角を指差すと、
山の方角へと走って行った。

白い玉が百葉箱にようやくたどり着いた頃、
白石くんは山の防空壕の中に隠れていた。

祭りの会場から響くあの音は、線香花火の音ではなく、
白石くんの幼い頃の笑い声を放送してここまで聞こえているのだ。
白い玉は憶測で動き、白石くんに永遠に届かない。

まだ日が上がっていなかったので、街の翁たちが、乾いた白色木綿でセメント
造りの街灯をごしごしと磨き上げていた。

数ヶ月ぶりに帰宅すると、両親は午前五時に夕飯を食べて笑っていた。

筑波山口のひとり相撲

風呂場で、父の浮気を母の前で責めた。
石鹸の泡を落とした父は、そのまま外出してしまった。
去り際の、私から顔を背けた表情を反芻し、
むかむかとしながら白飯を食べた。

（なんだあれは）
（まるで爪先立つように、よろめきながら歩いていたではないか）
（男は馬鹿野郎だから嫌いだ）

母は、台所で延々と飯を作り続けている。
白飯から湯気が絶えることはない。
見なくても、母が誇らしげに台所に立つ様子が目に見える。

櫃《ひつ》を食べているような気になってきた。

ふと、上司と不倫をしている自分は一体どうなのだろうと思うと、
父を許さねばならない気持ちになった。
自分に言い訳が立たなくなるではないか。

台所に立つ母をおいて、私も外出してしまった。

それきり父も私も家には戻らなかった。

秋になり、天狗業を営む父から、
大きな紅葉型の葉書が届く。

「マーチャン　ガッコウ　ハ　ドウデスカ
オトモダチ　ト　アソンデイマスカ
オトウサン　ハ　キョウマデニ
四〇〇〇段　ヲ　クダリマシタ
オカアサン　ヲ　ササエテクダサイ」

父が天狗で
母は人間の女だったので
夜な夜な家の階段を昇ってくる何百もの蠟燭を消さねばならなかった。
か細い蠟燭、さつまいものように太い蠟燭、色の付いた歪な蠟燭……
部屋の電気を消して、小さな蠟燭を一本たりとも逃さぬよう母と協力した。

娘の私が階段口で待機し、母は私の背中を守った。
父は相変わらず何もしなかった

私が成人を迎えたとき
母はわざと一本の蠟燭を逃がした。
昔から、物語の結末を見ないような癖があった。
それから二階の部屋は、電気を消してもどこか赤暗い。
母を責めなかったが、私が可哀想だと言って、母は大声を出していた……

父親と筑波山の麓にある神社で待ち合わせた。
御神水を飲む約束だったが、
雑多な生き物たちが長く並んでいたので待たねばならなかった。

老女と老父のお面をつけた猿の若い夫婦が、

人間の振りをして恭しく柄杓を上げ下げするので笑ってしまった。

「ホッホッホッ」

父が天狗の頃を思い出し、石畳を片足で跳ねていく。「ホッホッホッ」

両手を鳥のように、拡げては結ぶ。

鳥居に向かって、私も父の後を追って、天狗の真似をして走り出した。

赤い鳥居は、人のなかで暮らす私たちより一回り大きい。

鳥居よりも大きく欅の木が右手にそびえ、葉は白色の陽をさらさら通し角を光らせる。

皆で一緒に幸せになりましょう

それでいいじゃないですか

川辺に坐る浮浪者たちが持つビニール袋が、

いくつも空へ浮かんでいく。

強くて無欠な私を、一体誰が望んでいるのだろう。

きっと母は、一人暮らす家で、
律儀に蠟燭の火を消している。
父は浮気相手の家で、
巨大なしゃもじで殴られて死んでしまったと聞いた。

東京オリンピックの開催とイナゴの成仏

埼玉県秩父市に住んでいた、祖父の話である。


東京都でのオリンピック開催が決まった、二〇一三年。

当時祖父の肇は八才で、小学三年生だった。

九月八日、肇が目を覚ますと、東京オリンピックの開催が決定していた。

「トキョ」

という西洋訛りの言葉とともに、"TOKYO 2020"と記された白地のカードを白髪の老紳士が観客に示す映像を、その日何度も見た。

ニュースが流れるたび、老紳士は
「トキョ」

と言い、何度も“TOKYO 2020”という文字を示した。

その日は日曜日で、まだ残暑が厳しい頃だった。

父はどこかへ出かけていて、母は居間にふとんを敷いて眠り続けていた。

肇はチャンネルも変えず、ニュースが流れれば、

「トキョ」

という老紳士の声をただただ聞き続けていた。

午後五時半をまわり、「笑点」のテーマが流れ、「笑点」が終わった後も、東京オリンピックの開催を告げるニュースは流れ続けた。

やがて父は帰宅し、母は目を覚ましふとんを片付けた。

家族で夕飯を食べ、風呂に入ると、あっという間に眠る時間になった。

和室にふとんを並べ、電気を消した。
母が硝子戸を開け、網戸を引いて障子をかぶせた。
障子のすき間から、やわらかな風が少し押してくる。
父は枕元のリモコンを手に取って、テレビをつけた。

父と母は眠りに落ちる直前までテレビをつける習慣があった。
肇は寝室のテレビが消される瞬間を見たことがなかったが、朝目を覚ますとテレビは必ず消えていた。

その夜、まぶたの裏にテレビの青い点滅を感じつつ、肇がゆったりとまどろんでいると、また
「トキョ」
という老紳士の声が聞こえた。
（ああ、また東京オリンピックのニュースが流れている）

そう肇が考えたとき、庭の方で、わあーという歓声があがった。

そして、

「コツコツ」

という、子どもの指の関節を硝子に軽くぶつけるような音が、障子越しにいくつも響いた。

テレビの画面には、まだ東京オリンピックの開催を伝えるニュースが映っている。

「トキョ」という声がまた流れる。

また、わあーという歓声が庭からあがる。

「よかった、よかった」

「もう本当に大丈夫だなあ。日本は一層豊かな国になる。万歳」

そう言って、若い男が泣きあう声さえ聞こえてくる。

見えないけれど、きっと肩を抱き合って喜んでいるに違いないと肇は思った。

「なにか外で聞こえる」

肇は父と母に声をかけた。

二人は寝返りの音も返さなかった。

肇は立ち上がり、障子を開いた。


幾百ものイナゴが網戸にはりついていた。


小さく悲鳴をあげて、思わず身体を退《ひ》いた。

イナゴの群れは、街灯の明かりさえ通さないほどに密集していた。

網戸にはりつけない者は庭の芝生に降りてじっとしていたが、硝子戸に飛びつこうと何度も身体を打ちつける者もある。

しかしすべてのイナゴたちは、共通して部屋の中のテレビを見つめている。

テレビは、再び東京オリンピック開催決定の映像を流した。

「トキョ」

「わあーッ」

イナゴたちがどよめきをあげて、拍手した。

蚊の鳴くような拍手の音である。

肇は母に駆け寄り、強く揺すぶった。

「おかあさん、イナゴがテレビを見ているよ」

「テレビなんてついていないでしょう」

母はそう言って、また深い眠りに落ちてしまった。


コマーシャルが流れた。

イナゴたちの集中が切れ、ざわついた。

すると一匹の大ぶりのイナゴが声をあげた。

「日本は、すっかり豊かな国になった。もう、大丈夫だろう。俺たちの若い死は決して無駄ではなかったと、みんな分かったと思う。俺たちの若い死は、無駄ではなかった」

イナゴたちの間に、静寂が訪れた。

彼はなおも続ける。

「アメリカを日本のように貧しい国にしようと、今まで頑張ってきたが、もうやめていいんじゃないか。今年で、アメリカ本土上陸作戦はおしまいにしよう。成仏して、生まれ変わろう」

「日本は、もう俺たちが知らないくらいに豊かになる」

一匹のイナゴが、そうつぶやいた。

「きっとそうだ。俺にとっても、今日という日が本当に、若く死んだことを納得できる日だったように感じるよ」

コマーシャルが終わり、再び東京オリンピック開催の映像が流れた。

「トキョ」

イナゴたちはもう歓声をあげず、ざらざらと腹を網戸にこすりつけつつ、庭に降りていった。


庭でイナゴが火をおこしていた。

「南無阿弥陀仏」の大合唱がおきた。

火は野いちごのように小さく、ちらちらと青芝の中で光った。

「さようなら、さようなら、貴様ら。もう顔を見るのもいやだ」

そう叫んで、一匹のイナゴが火の中に消えていった。

イナゴたちは少しはっとした表情をしてから、思い直して、満ち足りたような声で大笑いした。

「俺たちもつづくぞ。さらば」

一定の間隔を刻むように、一匹ずつイナゴが火の中へ消えていった。

ぴん、と音がするように跳ねて、火の中へ飛び込んでいく。

最後に、大ぶりのイナゴが火の中へ入ると、赤々と燃えていた炎が、ほの白い青色へと変化した。

次の日庭に出ると、イナゴの火が燃えていた辺りには、ひとつまみくらいの灰の山ができていた。肇はその灰に触れた。

「親に言っても信じなかったから、俺は孫のお前にこのことを話すんだ」

そう祖父は話した。

祖父はこのイナゴたちを、太平洋戦争で死んだ軍人たちの霊の化身ではないかと言い続けていた。

狸《たぬき》の匣《はこ》

著者
マーサ・ナカムラ

発行者
小田久郎

発行所
株式会社 思潮社
〒一六二—〇八四二 東京都新宿区市谷砂土原町三—十五
電話〇三（三二六七）八一五三（営業）・八一四一（編集）
FAX〇三（三二六七）八一四二

本文組版
キャップス

印刷・製本所
創栄図書印刷株式会社

発行日
二〇一七年十月三十一日 初版第一刷
二〇二二年七月三十一日 第四刷